Anjos na Escuridão

Livros da autora publicados pela Galera Record

Série Fallen

Volume 1 – *Fallen*

Volume 2 – *Tormenta*

Volume 3 – *Paixão*

Volume 4 – *Êxtase*

Apaixonados – Histórias de amor de Fallen

Anjos na escuridão

Série Teardrop

Volume 1 – *Lágrima*

LAUREN KATE

Anjos na Escuridão

Tradução
Ana Carolina Mesquita

1ª edição

CIP-BRASIL. CATALOGAÇÃO NA FONTE
SINDICATO NACIONAL DOS EDITORES DE LIVROS, RJ

K31a

Kate, Lauren
   Anjos na escuridão / Lauren Kate; tradução Ana Carolina Mesquita. – 1ª. ed. – Rio de Janeiro: Galera Record, 2014.

   Tradução de: Fallen: Angels in the dark
   ISBN 978-85-01-03451-9

   1. Ficção americana. I. Mesquita, Ana Carolina. II. Título.

14-10822

CDD: 813
CDU: 821.111(73)-3

Título original em inglês:
Fallen: Angels in the dark

Text copyright © 2013 by Tinderbox Books, LLC. e Lauren Kate
Publicado originalmente por Delacorte Press, um selo da Random House Children's Books, divisão da Random House LLC, uma Companhia Penguin Random House, Nova York.

Direitos de tradução negociados com Tinderbox Books, LLC e Sandra Bruna Agencia Literária, S. L.

Todos os direitos reservados. Proibida a reprodução, no todo ou em parte, através de quaisquer meios. Os direitos morais do autor foram assegurados.

Composição de miolo: Abreu's System
Adaptação da capa original: Renata Vidal da Cunha

Texto revisado segundo o novo Acordo Ortográfico da Língua Portuguesa.

Direitos exclusivos de publicação em língua portuguesa somente para o Brasil adquiridos pela
EDITORA RECORD LTDA.
Rua Argentina, 171 – Rio de Janeiro, RJ – 20921-380 – Tel.: 2585-2000, que se reserva a propriedade literária desta tradução.

Impresso no Brasil

ISBN 978-85-01-03451-9

Seja um leitor preferencial Record.
Cadastre-se e receba informações sobre nossos lançamentos e nossas promoções.

Atendimento e venda direta ao leitor:
mdireto@record.com.br ou (21) 2585-2002.

SUMÁRIO

Um	O que aconteceu com Trevor	7
Dois	O dia de folga de Ariane	27
Três	Daniel em Los Angeles	43
Quatro	Miles no escuro	61
Cinco	Na sala de Francesca	67
Seis	Cam vai à caça	73
Sete	O sonho de Luce [cena deletada]	81

UM

O QUE ACONTECEU COM TREVOR

Luce diminuiu a velocidade da moto até parar diante da casa à beira do lago.

Estava apaixonada. Pela moto. Era uma Honda Shadow 1986 dourada, linda.

Sua colega de classe maluca, Rachel Allison, com seu cabelo tingido de ruivo e francês impecável, ainda morava na mesma casa onde crescera, a poucos quilômetros a norte da escola onde elas estudavam, a Dover Prep. Por isso, sempre que os pais de Rachel viajavam, a maioria da turma — bem, pelo menos a turma dos descolados — aparecia por lá para a inevitável festa.

Era a primeira vez que Luce iria.

Quando Luce terminou seu turno na Pisani's Bike and Body Shop, ela recebeu três torpedos de Callie: um dando as instruções de como chegar à festa. Outro dizendo que pegara emprestados os chinelos pretos de Luce. E um terceiro com uma foto de Callie bebericando um *mai tai* em uma das lanchas de Rachel.

No entanto, foi o recado na caixa de mensagens de voz — não, a voz *ao fundo* no recado deixado por Callie — que convenceu Luce a ir à festa.

Era Trevor Beckman dizendo: *Diga a Luce pra vir correndo pra cá.*

Ele era, de longe, o cara mais descolado da turma. E o mais fofo também. Trevor era o capitão do time de basquete, o rei do baile e parceiro de Luce na aula de biologia. Também era um casinho de Rachel.

Porém, todavia, no entanto... ele queria que Luce fosse correndo para lá.

Claro, Luce tinha uma quedinha por Trevor. E quem não teria? Forte, alto, sempre risonho, com cabelos e olhos castanho-escuros... Tudo naquele cara era feito para o tornar atraente.

Mas era o tipo de queda que Luce jamais pensara em levar adiante *de fato*. Ela não corria atrás de garotos. Nunca tinha feito isso. Apesar de ser algo que deixava Callie louca da vida, Luce não tinha o menor problema em admirar Trevor e seus músculos de longe. Isso era bem mais fácil do que ir àquela festa.

Ela desligou a moto e saltou antes que alguém a visse e se perguntasse onde diabos ela havia arranjado a grana para ter um veículo daqueles.

A verdade é que Luce *não tinha* essa grana. Ela havia pegado a moto emprestada por uma noite na loja de motos onde vinha trabalhando, por meio período, nos últimos seis meses, para conseguir bancar suas despesas "secundárias" na Dover. Seus gastos com alojamento e alimentação eram, constrangedoramente, cobertos pela única bolsa que a escola oferecia.

Para manter aquela bolsa, Luce cursara as disciplinas mais seletivas da escola durante três anos seguidos e obtivera média A em todas. Isso sem falar nos três anos de sessões de terapia semanais em Shady Pines, um segredo que escondia de todos na escola.

Ela provavelmente também teria passado aqueles três anos sem colocar o pé em nenhuma das famosas festas de Rachel, se não fosse pelo filho do Sr. Pisani. Joe era alguns anos mais velho que ela, e sexy de um jeito meio sombrio. Ele sempre tivera uma atitude protetora para com Luce, desde o primeiro dia em que ela começara a trabalhar na loja. Também sabia que ela babava pela moto que ele mesmo fizera renascer a partir de um monte de ferro-velho. Pouco antes de Luce ir embora, depois de seu turno, ele colocou a chave na palma da mão dela.

— O que é isso?

— Ouvi falar que hoje à noite vai rolar uma festa. — Ele sorriu. — Você precisa chegar ao lago de algum jeito, não é?

No início, Luce balançou a cabeça em recusa. De jeito nenhum. Mas por outro lado...

Dentro de três dias ela viajaria para passar o verão com os pais em casa, em Thunderbolt, na Georgia, onde tudo seria tranquilo, fácil e aconchegante. E chato.

Três meses inteiros de pura chatice.

— Divirta-se. — Joe deu uma piscadela para Luce.

Então ela montou na moto e se foi. A sensação de pilotar uma moto, do vento batendo no rosto, da velocidade, da emoção de tudo aquilo, era ao mesmo tempo familiar e diferente de qualquer outra coisa no mundo.

Luce tinha a sensação de estar voando.

Quando atravessou a soleira da porta enfeitada com tochas de jardim, Luce avistou Callie parada na beira do lago, rodeada por um monte de rapazes. Ela estava usando um biquíni vermelho, os chinelos de Luce e um sarongue branco comprido amarrado na cintura.

— Até que enfim! — disse ela com um gritinho quando viu Luce.

Os cachinhos bem definidos de Callie estavam molhados e balançaram quando ela riu. Provavelmente ela havia acabado de voltar de um mergulho, coisa que Luce não conseguia nem pensar em fazer naquele lago escuro e frio. Callie era o tipo de pessoa intrépida que sempre arrumava um jeito de se divertir. Ela puxou Luce e sussurrou:

— Adivinhe só quem protagonizou uma briga homérica agora há pouco?

Trevor vinha na direção delas, vestido com sua camisa de basquete e um calção de banho, e segurando uma bebida. Atrás dele, a poucos metros, o rosto de Rachel estava vermelho de raiva.

— Chegou na hora certa — disse ele, sorrindo para Luce. As palavras saíram meio enroladas.

— Trevor! — berrou Rachel. Ela parecia louca para segui-lo, mas continuou parada ali, as mãos na cintura. — Agora chega! Vou dizer ao *bartender* pra não servir mais nada pra você.

Trevor parou na frente de Luce.

— Que tal dar uma passadinha no bar comigo?

Callie empurrou as costas de Luce e sumiu em seguida, deixando a amiga sozinha com Trevor Beckman.

Talvez ela devesse ter trocado aquela sua camiseta branca engordurada e o short desfiado antes de ir para a festa. Luce tirou o elástico que prendia a longa trança que usava para trabalhar. Sentiu os olhos de Trevor em seus cabelos escuros e ondulados, que desciam até a metade das costas.

— Uma bebida seria uma boa.

Trevor sorriu, indicando o caminho para o bar.

Rachel continuava no meio do gramado, rodeada por suas súditas. Quando Luce passou com Trevor, Rachel virou a cabeça e fungou.

— Que cheiro é esse de posto de *gasolina*?

— É *eau* de classe trabalhadora — respondeu a súdita número dois de Rachel.

Shawna Clip era tão nojenta quanto Rachel, embora não tão inteligente.

— Desculpe — disse Trevor, afastando Luce das outras. — Elas são umas vacas.

Luce ficou vermelha. Os insultos de Rachel não a tinham atingido, mas era constrangedor que Trevor pensasse que sim. Ele encarou Luce por um instante, então a guiou para que ela passasse reto pelo bar.

— Pensando melhor, o pai de Rachel tem um armário especial cheio de goró.

Ele sorriu para Luce e fez um gesto para o bosque, em direção ao ponto onde a trilha iluminada pelo luar seguia até o lago Winnipesaukee. As tochas iam somente até certo ponto, depois disso era apenas a floresta grande e escura.

Luce hesitou. A floresta era um dos motivos pelos quais ela evitava aquele tipo de festa. Para todo mundo, a escuridão da noite significava o momento de ficar louco de um jeito bom.

Para Luce, era quando as sombras apareciam.

Um tipo ruim de loucura.

Aquela, entretanto, era a primeira vez que ficaria a sós com Trevor, sem que nenhum dos dois estivesse segurando um bisturi nem respirando formol. Ela não botaria tudo a perder sendo uma garota histérica que não conseguia nem chegar perto de uma floresta.

— A gente precisa atravessar isso aí? — perguntou Luce, engolindo em seco.

Ele correu o polegar pela bochecha dela. Aquilo a fez estremecer.

— Só é escuro até chegar na clareira, e vou segurar sua mão o tempo todo.

Era a melhor oferta que alguém poderia fazer, mas Luce jamais conseguiria explicar a Trevor por que mesmo assim aquilo não era bom o bastante, por que ela sentia-se prestes a entrar em um pesadelo do qual talvez não conseguisse mais despertar. Se as sombras estivessem ali, elas a encontrariam. Roçariam nela como lâminas negras de gelo. Mas Luce não podia dizer isso a Trevor.

A escuridão fechou-se ao redor deles enquanto caminhavam. Luce sentia a presença de coisas sombrias nas árvores acima deles, pressentia o esvoaçar suave pelos galhos, mas mantinha os olhos fixos no chão.

Até que alguma coisa beliscou seu ombro. Algo frio e afiado que a fez dar um pulo de susto — direto para os braços de Trevor.

— Não há nada a temer. Está vendo?

Trevor começou a virar Luce, mas ela puxou a mão dele.

— Vamos logo para o chalé.

Quando chegaram à clareira, a lua felizmente ressurgiu. Diante deles, havia uma fileira organizada de chalés.

Luce olhou para a floresta, mas não conseguiu identificar de qual lado estava a trilha que levava de volta à festa. Teve a impressão de ter ouvido aquela sombra esquisita esvoaçar nas árvores mais uma vez.

— Vamos ver quem chega primeiro! — disse ela.

Luce saiu correndo em direção ao primeiro chalé, com Trevor logo atrás, até os dois caírem exaustos na frente da porta. Estavam rindo e sem fôlego. O coração de Luce disparava de medo e cansaço — e também com uma expectativa tensa por não entender direito o que eles estavam fazendo ali, longe de todo mundo.

Trevor enfiou a mão no bolso e sacou uma chave.

A porta se abriu com um rangido e eles entraram no chalé limpo e minimalista. Havia uma lareira, uma cozinha pequena e uma cama *king size* posicionada de um modo bastante evidente. Uma hora atrás, Luce nunca teria acreditado que estaria sozinha em um chalé com o cara por quem babava há três anos. Ela não costumava fazer coisas assim. Nunca tinha feito nada desse tipo.

Trevor rumou direto para o bar e começou a servir alguma coisa marrom de uma garrafa de vidro coberta de gelo. Quando ele lhe estendeu o copinho com líquido até a metade, ela nem mesmo sabia que não era para beber tudo de uma vez.

— Uau! — Ele riu quando ela se engasgou. — Demorou, mas encontrei alguém que precisa de um drinque tanto quanto de mim.

Se Luce ainda não estivesse meio tonta por causa da ardência na garganta, talvez tivesse rido e corrigido a gramática dele, observado que o que ele realmente queria dizer era "alguém que precisa de um drinque tanto quanto eu", em vez daquilo que ele *dissera* — o que significava que ela precisava de um drinque tanto quanto precisava... dele.

Ele apanhou o copo vazio dela e enlaçou sua cintura, depois a trouxe para tão pertinho que seu corpo pressionou o dela com força. Ela sentiu o peito musculoso, o calor da pele.

— Rachel e eu, a gente não combina, entende?

Ai meu Deus. Ela devia estar se sentindo mal com aquilo, não devia? Ele iria beijá-la e ela iria retribuir, e aquilo significava que o primeiro beijo de Luce seria com alguém que já tinha namorada. Certo, uma bruxa horrorosa de namorada, mas mesmo assim. Luce *sabia* que Trevor e Rachel não combinavam, mas de repente soube também que Trevor estava mentindo.

Porque *ele* não sabia disso. Estava dizendo aquilo só para ficar com ela. Porque provavelmente sabia que ela era louca por ele. Provavelmente a flagrara olhando para ele várias vezes ao longo daqueles anos. Devia ter certeza absoluta de que ela estava a fim dele.

Ela estava a fim dele, é verdade, mas até então aquilo tinha sido só uma espécie de fantasia distante. Assim, de perto, ela não tinha a menor ideia do que *fazer* com ele.

Agora o rosto de Trevor pairava sobre o dela. Seus lábios estavam próximos e os olhos pareciam diferentes da foto do anuário à qual Luce estava tão acostumada.

De repente, ela percebeu que não o conhecia bem, nem um pouco.

Mas queria conhecer. No fim, queria saber como era ser beijada, beijada de verdade, pressionada contra uma parede enquanto era beijada intensamente, até ficar tonta, até estar tão cheia de paixão que não haveria mais lugar para sombras, florestas escuras ou a preocupação constante de um dia acabar sendo internada em um sanatório.

— Luce? Tá tudo bem?

— Me beije — sussurrou ela.

Não parecia certo, mas já era tarde demais. Os lábios de Trevor se entreabriram e pousaram nos dela. Ela abriu a boca, mas achou difícil retribuir o beijo. Sua língua parecia amarrada. Ela se debatia nos braços dele como se estivesse em um sonho, tentando não lutar contra aquele beijo, tentando simplesmente se soltar e deixar as coisas acontecerem.

Os braços de Trevor envolveram sua cintura e a puxaram para a cama. Eles se sentaram na beirada, ainda se beijando. Ela estava de olhos fechados, mas então os abriu. Trevor a estava encarando.

— Que foi? — perguntou Luce, nervosa.

— Nada. É que você é simplesmente tão... linda.

Ela não sabia o que responder, por isso riu.

Trevor começou a beijá-la novamente, os lábios úmidos na boca de Luce, depois no pescoço. Ela aguardou pela faísca, pelos fogos de artifício de que Callie tanto falava.

Mas tudo no ato de beijar era diferente do que ela imaginara. Ela não tinha certeza do que sentia em relação a Trevor, em relação à língua dele na dela, às mãos bobas. Já ele, entretanto, parecia saber muito mais sobre aquilo tudo do que Luce. Ela tentou se deixar levar.

Ouviu um barulho e se desvencilhou de Trevor para olhar ao redor.

— O que foi isso?

— O que foi o quê? — perguntou Trevor, mordiscando o lóbulo da orelha dela.

Luce olhou rapidamente para as paredes com revestimento de madeira, mas elas não tinham nenhum quadro ou qualquer tipo de enfeite. Ela analisou a lareira, que estava escura e silenciosa. Por um segundo, pensou ter visto alguma coisa ali — uma brasa, um tremular amarelo e vermelho —, mas logo em seguida aquilo sumiu.

— Tem certeza de que estamos a sós? — perguntou ela.

— Claro.

As mãos de Trevor agarraram a barra da blusa dela, tirando-a pela cabeça. Antes mesmo que Luce pudesse dizer qualquer coisa, já estava sentada sobre o edredom azul só de sutiã.

— Uau — disse Trevor, protegendo os olhos com as mãos como se estivesse olhando diretamente para o sol.

— O que foi? — Luce estremeceu, sentindo-se pálida e meio envergonhada.

— É que tudo ficou tão claro de repente — disse ele, piscando. — Você não tem essa impressão?

Luce entendia o que ele estava querendo dizer. Era como se alguma coisa entre eles estivesse iluminando o quarto inteiro. Seria essa a faísca que ela tanto esperava? Ela sentia-se quente e viva, mas também um pouquinho envergonhada do próprio corpo. Do quanto ele estava exposto.

Aquilo a deixou incomodada. Quando Trevor se inclinou novamente para beijá-la, suas entranhas pareciam estar ardendo, como se ela tivesse comido alguma coisa apimentada. Então todo o chalé se aqueceu e ficou claro demais. Estava ficando difícil respirar, e de repente Luce ficou completamente tonta, sua visão ardia como se o sangue da cabeça estivesse injetando seus olhos. Ela não conseguia enxergar mais nada.

Trevor agarrou a cintura dela com força, mas Luce começou a se desvencilhar. Ouviu barulhos novamente e teve certeza de que havia alguém no chalé, mas não conseguiu ver ninguém, só conseguia ouvir uma balbúrdia crescente, como se mil serrotes estivessem serrando mil lâminas de metal. Tentou se mover, mas era como se estivesse grudada, presa pelos braços de Trevor. Ele apertava tanto sua caixa torácica que ela pensou que seus ossos fossem se quebrar, e aí começou a sentir como se a pele dele a estivesse queimando, se fundindo a ela até...

Até que ele sumiu.

Alguém estava sacudindo os ombros de Luce.

Era Shawna Clip. E estava berrando.

— *O que foi que você fez, Lucinda?*

Luce piscou e balançou a cabeça. Estava sentada diante do chalé, na noite enevoada e escura como breu. Sua garganta ardia; a pele parecia gelada e em carne viva.

— Cadê o Trevor? — ela ouviu-se murmurar.

O vento chicoteava seus cabelos. Ela levantou a mão para afastar as mechas soltas do rosto e sufocou um grito quando um cacho inteiro de seu cabelo negro e espesso soltou-se completamente do couro cabeludo. A mecha que caiu na palma estava chamuscada e quebradiça. Ela gritou.

Luce se pôs de pé, cambaleando. Cruzou os braços e olhou ao redor. Ainda a mesma floresta fria e escura, ainda a sensação de ter aquelas sombras negras pairando por perto, ainda a fileira bem organizada de chalés...

Os chalés estavam pegando fogo.

O chalé onde ela podia jurar ter estado com Trevor agora mesmo — e tinha estado ali realmente? até que ponto os dois tinham ido? o que tinha acontecido? — estava agora tomado pelas chamas. Os chalés à esquerda e à direita estavam começando a pegar fogo graças ao incêndio do chalé no meio. O ar noturno cheirava a enxofre.

A última coisa de que ela se lembrava era do beijo...

— Que *diabos* você fez com meu namorado?

Rachel. Ela estava entre Luce e os chalés em chamas, e um tom vermelho vivo coloria seu rosto. O olhar dela fez com que Luce se sentisse uma assassina.

Ela abriu a boca, mas não saiu nada.

Shawna apontou para Luce.

— Fui atrás dela. Achei que eu fosse encontrar os dois se pegando... — Ela cobriu o rosto com as mãos e fungou —, mas eles entraram, e aí... O chalé simplesmente *explodiu*!

O rosto e o corpo de Rachel tremeram quando Luce se virou na direção do chalé e começou a gemer. Aquele som horrendo cresceu noite afora.

Só então Luce se deu conta, com um aperto terrível no peito, de que Trevor continuava lá dentro.

Então, o telhado do chalé desabou, cuspindo uma nuvem de fumaça.

Àquela altura, os chalés ao lado já tinham começado a realmente pegar fogo, mas Luce sentia uma escuridão pairando por ali, enorme e implacável. As sombras, antes confinadas à floresta, agora rodopiavam diretamente acima, tão próximas que ela poderia tocá-las. Tão próximas que ela quase conseguia ouvir o que estavam sussurrando.

Parecia ser seu nome, *Luce*, repetido milhares de vezes, circulando ao seu redor e depois desaparecendo indefinidamente em algum passado negro.

DOIS

O DIA DE FOLGA DE ARIANE

— Carga pesada! Saiam da frente!

Ariane estava empurrando um imenso carrinho de compras vermelho pelo corredor de utilidades domésticas do bazar beneficente do Exército de Salvação. Seus braços magros seguravam a alça do carrinho pesado enquanto ela o conduzia com dificuldade. Ariane já tinha colocado ali dois abajures com estampa de bolinhas, uma quantidade de almofadas cafonas equivalente a um sofá, nove lanternas de Halloween cheias de doces vencidos há muito tempo, meia dúzia de vestidos estampados baratos, algumas caixas de sapato cheias de adesivos de carro e um par de patins fosforescentes. Portanto, naquele momento era difícil para Ariane, que mal tinha um metro e meio de altura, enxergar aonde estava indo.

— Abra passagem, queridinha, a menos que não precise mais dos dedinhos dos seus pés. É isso aí, estou falando com você mesma. *E* com seu filhinho.

— Ariane — disse Roland, com calma.

Ele estava um corredor à frente, examinando uns discos de vinil empoeirados que lotavam uma caixa de leite. Seu blazer risca de giz estava desabotoado, mostrando uma camiseta do Pink Floyd por baixo. Seus *dreadlocks* espessos pendiam de leve sobre os olhos negros.

— Ser discreta é mesmo sua especialidade, né?

— Ei! — Ariane pareceu magoada enquanto tentava manobrar o carrinho de compras numa curva fechada para ir até o corredor de Roland.

Parou na frente dele e apontou uma unha pintada de esmalte azul metálico para o peito dele.

— Eu levo meu trabalho aqui a sério, parceiro. A gente tem muito o que comprar em apenas dois dias.

As palavras de Ariane pareceram lembrá-la de alguma coisa, preenchendo-a com uma alegria repentina. Seus olhos azul-claros se acenderam e um sorriso largo se espalhou pelo rosto. Ela agarrou o braço de Roland com força e o sacudiu, fazendo seu coque desarrumado se soltar e os longos cabelos pretos caírem até a cintura enquanto gritava:

— Dois dias! *Dois dias*! Nossa Lucy vai voltar daqui a dois dias, caramba!

Roland deu uma risadinha.

— Você fica uma fofa quando está empolgada.

— Então agora provavelmente sou a prefeita de Fofópolis!

Ariane se encostou em uma estante cheia de aparelhos de som antigos e soltou um leve suspiro de satisfação.

— Adoro quando ela volta. Quero dizer, claro que não do mesmo jeito que Daniel adora, é óbvio, mas sinto, de verdade, uma fagulha de empolgação com a expectativa de vê-la de novo. — Ela apoiou a cabeça no ombro de Roland. — Você acha que ela vai estar diferente?

Roland tinha voltado a olhar os discos da caixa. A cada três ou quatro, ele atirava um para dentro do carrinho de Ariane.

— Ela já viveu outra vida inteira, Ari. Claro que deve ter mudado um pouquinho.

Ariane atirou dentro do carrinho um disco do Sly and the Family Stone que estivera examinando.

— Mas ela continua sendo nossa Lucinda, né?...

— Esse parece ser o padrão — disse Roland, oferecendo a Ariane o mesmo olhar de "você é maluca?" que ela recebia da maioria das pessoas (incluindo todo mundo naquele bazar beneficente), mas quase nunca de Roland. — Bom, pelo menos tem sido assim nos últimos milhares de anos. Por que você está perguntando isso?

— Sei lá. — Ariane deu de ombros. — Cruzei com a Srta. Sophia na secretaria da Sword & Cross. Ela estava remexendo em todas aquelas caixas cheias de arquivos, resmungando sobre "preparativos". Como se tudo tivesse de estar perfeito ou algo assim. Não quero que Luce se decepcione quando chegar. Talvez ela volte diferente, diferente mesmo, dessa vez. Você sabe como eu fico em relação a mudanças.

Ela olhou para o carrinho de compras. As almofadas espalhafatosas que havia atirado ali para o caso de Luce, assim como a última Luce que ela vira, gostar de uma boa guerra de travesseiros, de repente pareceram simplesmente feiosas e infantis para Ariane. E os patins? Onde é que elas iriam andar de patins num reformatório? O que ela estava pensando? Ela havia se empolgado e exagerado. De novo.

Roland torceu o nariz de Ariane.

— Mesmo correndo o risco de soar banal, eu digo: simplesmente seja você mesma. Luce vai adorar você. Ela sempre adora. E, se nada mais der certo — disse ele, remexendo no butim que Ariane havia atirado no carrinho –, sempre existe sua arma secreta. — Ele levantou um saquinho plástico cheio de canudinhos com guarda-chuvinhas de papel. — Você definitivamente precisa usar esses aqui.

— Você tem razão. Como sempre. — Ariane sorriu e deu um tapinha na cabeça de Roland. — Eu sei mesmo fazer uma *happy hour* de arromba. — Ela abraçou a cintura dele enquanto os dois empurravam o carrinho pesado pelo corredor.

Então Roland olhou para a lista de compras que tinha feito em seu BlackBerry.

— Temos a música para a festa. Os enfeites e a decoração para o seu quarto, e a fita adesiva...

— Como você gasta essa quantidade imensa de fita adesiva é um dos maiores mistérios do universo.

— Precisamos de mais alguma coisa daqui antes de irmos para a loja de artigos *gourmet*?

Ariane torceu o nariz.

— Loja de artigos *gourmet*? Mas... Luce gosta de comer porcarias.

— Estou apenas cumprindo ordens — disse Roland. — Cam me pediu para comprar caviar, meio quilo de figos e algumas outras coisinhas para ele.

— *Caviar*? Primeiro, vou vomitar. Segundo, para que Cam quer caviar? Espere um pouquinho aí...

Ela parou bem no meio do corredor, fazendo com que outra cliente com um carrinho cheio de enfeites de Natal baratos trombasse na traseira deles. Ariane deixou a mulher passar, depois baixou a voz:

— Cam não vai tentar seduzir Luce de novo, vai?

Roland voltou a empurrar o carrinho. Ele era ótimo em ficar calado quando necessário, e isso sempre tirava Ariane do sério.

— *Roland*. — Ela enfiou a bota preta embaixo da roda do carrinho de compras para que ele parasse ali mesmo. — Será que preciso lembrar a você do desastre que isso causou em 1684? Sem falar na calamidade que Cam provocou em 1515. E sei muito bem que você se lembra de quando ele tentou dar em cima dela no ano de mil cento e vinte e...

— Você também sabe muito bem que eu sempre procuro ficar fora de toda a confusão.

— Ah, tá — murmurou Ariane. — Só que, de alguma forma, acaba ficando sempre bem no meio.

Ele revirou os olhos e tentou afastar Ariane. Ela não arredou pé.

— Desculpe, mas o Cam paquerador é um pesadelo. Realmente prefiro que ele rosne e espume pela boca como o cão dos infernos que é.

Ariane ofegou como um cachorro com raiva por alguns instantes, mas, quando aquilo não fez Roland rir, cruzou os braços.

— E por falar em como seu parceiro *numero uno* é completamente horrível em seu lado negro, quando você planeja voltar para nós, Ro?

Roland nem piscou.

— Quando eu acreditar na causa.

— Certo, *Monsieur* Anarquia. Então isso é tipo... nunca?

— Não — respondeu ele —, isso é tipo vou esperar pra ver. Precisamos apenas esperar pra ver.

Eles estavam passando pela ala de jardinagem do bazar, cujos utensílios incluíam uma mangueira verde embolada, uma pilha de vasinhos de argila lascados, alguns capachos usados e um soprador de folhas genérico de modelo antigo. Mas foi o grande vaso de peônias brancas de seda que fez tanto Ariane quanto Roland pararem.

Ariane suspirou. Não gostava de ficar muito sentimental — já havia anjos para isso, como Gabbe –, mas esse era um dos aspectos da relação de Daniel e Luce que sempre amolecia seu coração.

Pelo menos uma vez a cada vida, Daniel dava a Luce um enorme buquê de flores, que eram sempre, sem exceção, peônias brancas. Devia haver alguma história por trás daquilo: por que peônias, e não tulipas ou gladíolas? Por que brancas, e não cor-de-rosa ou vermelhas? Mas embora alguns dos outros anjos especulassem a respeito, Ariane percebeu que os detalhes por trás daquela tradição não eram da sua conta. Ela não conhecia o amor, a não ser pelo que observava em Daniel e Luce, mas gostava do ritual. E do modo como Luce sempre parecia ficar mais emocionada com esse gesto do que com qualquer outro que Daniel fizesse.

Ariane e Roland se entreolharam, como se estivessem pensando a mesma coisa.

Mas será que estavam mesmo?

Por que Roland estava contraindo o rosto?

— Não compre essas flores para ele, Ari.

— Eu nunca faria isso — retrucou Ariane. — Essas flores são falsas. Isso arruinaria completamente o propósito do gesto. Precisamos conseguir flores *verdadeiras*, belas e imensas flores verdadeiras, num vaso de cristal com uma fita, e isso somente quando chegar a hora certa. A gente nunca sabe se vai acontecer depressa ou não. Pode levar semanas, meses, até eles chegarem ao ponto em que... — Ela congelou, olhando Roland, desconfiada. — Mas você já sabe de tudo isso. Então por que me diria para não comprar estas flores? Roland... do que você está sabendo?

— De nada. — O rosto dele se contraiu mais uma vez.

— Roland Jebediah Sparks Terceiro.

— *Nada*. — Ele levantou as mãos em súplica.

— Conte...

— Não há nada o que contar.

— Você quer que eu torça sua asa com força de novo? — ameaçou ela, segurando a nuca de Roland e tateando com a outra mão em busca de sua omoplata.

— Olhe — disse Roland, desvencilhando-se dela. — Preocupe-se com Luce que eu me preocupo com Daniel. É assim o procedimento, sempre foi assim e...

— Dane-se o procedimento — disse Ariane com um beicinho, virando as costas para ele para encarar a atendente do caixa.

Ariane parecia magoada de verdade, e se havia uma coisa que Roland não conseguia suportar, era magoá-la. Ele soltou um suspiro longo e profundo.

— O negócio é o seguinte: eu simplesmente não sei se Daniel está disposto a executar os mesmos padrões de sempre dessa vez. Talvez ele não queira mais dar peônias.

— E por que não? — perguntou Ariane, mas quando Roland estava prestes a responder, a expressão dela ficou triste. Levantou uma das mãos para que ele parasse. — Daniel está ficando cansado, não é?

Ariane raramente sentia-se uma idiota, mas agora era assim que ela estava se sentindo, ali, no meio do bazar beneficente, com seu carrinho superlotado de coisas bobonas e brincadeiras. Não é que tudo aquilo fosse uma brincadeira para ela, mas, para Daniel, era diferente do que era para os outros.

Ariane começara a pensar que toda vez que Luce... se despedia a cada vida, era como se sua amiga estivesse indo para um acampamento de verão enquanto Ariane era obrigada a ficar. Luce voltaria. As coisas seriam chatas até lá, mas um dia ela voltaria.

Para Daniel, porém...

Ele ficava de coração partido. E seu coração provavelmente se partia um pouco mais a cada vez. Como ele conseguia suportar aquilo? Talvez, percebeu ela, não conseguisse. E era verdade que nesta vida ele andava deprimido de um jeito anormal. Teria o castigo de Daniel finalmente chegado a um ponto no qual não apenas seu coração estivesse partido, mas ele também?

E se tivesse? O mais triste de tudo é que não teria importância. Todos sabiam que Daniel teria de continuar vivendo mesmo assim. Teria de se apaixonar por Luce mesmo assim. Da mesma forma que os outros teriam de observar, incitando os dois pombinhos suavemente até seu clímax inevitável.

Já que Daniel não podia fazer nada a respeito, por que não manter as partes bonitas e carinhosas da história de amor dos dois? Por que não dar as peônias para Luce?

— Ele não quer se apaixonar por ela dessa vez — declarou Roland, finalmente.

— Isso é uma blasfêmia.

— Isso é Daniel — disseram os dois ao mesmo tempo.

— Bem, e o que nós vamos fazer? — perguntou Ariane.

— Ficar no nosso território. Fornecer os bens materiais de que eles precisarem quando necessário. E você, fornecer o alívio cômico.

Ariane olhou feio para ele, mas Roland balançou a cabeça.

— Não estou brincando.

— Não está brincando que está fazendo piada?

— Não estou brincando que você tem um papel a cumprir.

Ele atirou para ela uma saia de tutu cor-de-rosa que estava dentro de uma caixa de descartes perto da fila do caixa. Ariane correu os dedos pelo tule espesso. Ainda estava pensando no que significaria para todos eles se Daniel *realmente* desistisse de se apaixonar por Luce. Se ele, de algum modo, quebrasse o ciclo e os dois não ficassem juntos. Aquilo, entretanto, lhe causou uma sensação ruim, como se seu coração estivesse sendo arrastado até os pés.

Em questão de segundos, Ariane já estava vestindo a saia de tutu por cima da calça jeans e fazendo uma pirueta no meio do bazar. Saltitou por duas irmãs com vestidos iguais, compridos e estampados com flores berrantes, bateu num cavalete com um anúncio de novas roupas de cama, e quase arrancou um mostruário de castiçais antes de Roland agarrá-la. Ele a fez rodopiar para que a saia de tutu flutuasse ao redor de sua cintura pequenina.

— Você é maluca — disse ele.

— E você adora — respondeu Ariane, tonta.

— Você sabe que adoro. — Ele sorriu. — Venha, vamos pagar por estas coisas e dar o fora daqui. Temos muito o que fazer antes de ela chegar.

Ariane assentiu. Havia muito o que fazer para que as coisas fossem como deveriam ser: com Luce e Daniel se apaixonando. Com todos ao redor dos dois mantendo a esperança de que um dia, de algum jeito, ela conseguiria sobreviver.

TRÊS

DANIEL EM LOS ANGELES

Quando o sol se pôs na boca do lixo de Los Angeles, uma cidade de barracas se ergueu, uma a uma, até o conjunto se tornar tão denso que mal era possível dirigir um carro pela rua. Só um monte de barracas de náilon esfarrapadas, saídas diretamente da caçamba de um caminhão da Walmart. E tendas feitas apenas de um lençol em cima de uma tábua apoiada em um caixote de leite. Com famílias inteiras enfiadas ali dentro.

Os perdidos iam parar ali porque era onde conseguiam dormir sem morrer congelados. E porque depois que anoitecia a polícia deixava o lugar em paz.

Daniel foi parar ali porque era mais fácil se misturar no meio de outras sete mil pessoas.

E porque a boca do lixo era o último lugar na face da Terra onde esperava encontrar Luce.

Tinha feito uma promessa depois da última vida. Perdê-la daquele jeito, como uma chama incandescente no meio de um lago congelado... ele não conseguia suportar. Não podia permitir que ela se apaixonasse por ele mais uma vez. Ela merecia amar alguém sem ter de pagar por isso com a vida. E talvez conseguisse, se Daniel ficasse longe.

Então ali, no centro da cidade, na rua mais perigosa da Cidade dos Anjos, Daniel montou sua tenda. Tinha feito o mesmo nos últimos três meses, desde que Luce completara treze anos. Tinha quatro anos inteiros até o momento em que supostamente a encontraria. Ele estava decidido a esse ponto a libertar os dois daquele ciclo.

Não havia nada de mais solitário ou deprimente na boca do lixo do que em qualquer outro lar que Daniel havia criado para si ao longo dos anos. Por outro lado, porém, também não havia nada digno de ser romantizado. Ele tinha os dias livres para vagar pela cidade, e à noite tinha uma barraca para fechar e isolar-se do restante do mundo. Tinha vizinhos que ficavam na deles. Tinha um método que conseguia administrar.

Havia muito tempo ele desistira de buscar a felicidade. Enganar os outros jamais tivera qualquer apelo para ele, pelo menos não como tinha para os outros anjos caídos. Não, o *impedimento* — impedir que Luce se apaixonasse por ele, impedir que ela sequer o *conhecesse* naquela vida –, esse era seu último e único objetivo.

Ele raramente voava nos últimos tempos, e sentia saudades disso. Suas asas queriam liberdade. Seus ombros coçavam praticamente o tempo inteiro, e a pele de suas costas parecia estar sempre prestes a explodir com tamanha pressão. Libertar suas asas, contudo, parecia indiscreto demais — mesmo que fosse à noite, no escuro, sozinho. Havia sempre alguém de olho nele, e Daniel não queria que Ariane, Roland ou mesmo Gabbe soubessem onde estava escondido. Não queria absolutamente nenhuma companhia.

Entretanto, de tempos em tempos, ele precisava prestar contas a um membro da Balança. Eles eram uma espécie de oficiais da liberdade condicional dos anjos caídos. No início, a Balança tinha mais importância. Havia mais anjos por aí para serem contabilizados, mais anjos para serem incentivados a retornar à sua verdadeira natureza. Agora que havia tão poucos com o status "em aberto", a Balança gostava de vigiar Daniel especificamente. Todos os encontros que ele tivera com seus membros ao longo dos anos não resultaram em nada, a não ser em uma enorme perda de tempo. Até a maldição ser quebrada, as coisas tendiam a permanecer assim: no limbo. Contudo, Daniel já estava nesse mundo há tempo suficiente para saber que, se não fosse procurá-los, eles viriam atrás dele.

No começo ele achou que aquela garota nova fosse da Balança. Acabou descobrindo que ela era algo completamente diferente.

— Oi.

Uma voz em frente à sua barraca. Daniel abriu o zíper e enfiou a cabeça para fora. O céu do crepúsculo estava rosado e enevoado. Mais uma noite quente na boca do lixo.

A garota estava ali diante dele. Usava uma camiseta branca gasta e um short desfiado. Seu cabelo loiro estava preso em um coque espesso no alto da cabeça.

— Sou Shelby — disse ela.

Daniel olhou para ela.

— E daí?

— E daí que você é o único cara da minha idade nesse lugar. Ou, pelo menos, o único cara da minha idade que não está ali na esquina usando crack. — Ela apontou para uma parte da rua que seguia até um beco escuro onde Daniel jamais se aventurava a ir. — Então pensei em me apresentar.

Daniel a olhou com desconfiança. Se ela fosse da Balança, já deveria ter dito. Eles caminhavam pela Terra com roupas normais, mas sempre se anunciavam para os anjos caídos. Era uma das regras.

— Daniel — disse ele, por fim, mas sem deixar sua barraca.

— Como você é simpático — murmurou ela, baixinho.

Parecia irritada, mas não foi embora. Simplesmente continuou ali parada olhando para ele, transferindo o peso de uma perna para a outra e puxando a barra desfiada de seu short.

— Veja bem, hã, Daniel, talvez isso pareça estranho, mas tenho uma carona para uma festa hoje lá no Valley. Queria saber se você tá a fim de, hã... — Ela deu de ombros. — Sei lá, pode ser bacana.

Tudo naquela garota parecia ligeiramente mais interessante do que o normal. O rosto quadrado, a testa alta, os olhos castanho-esverdeados. Sua voz se elevava acima da balbúrdia da boca do lixo. Ela parecia durona o bastante para sobreviver nas ruas, mas por outro lado também se destacava demais. Quase tanto quanto o próprio Daniel.

Ele ficou surpreso ao descobrir que, quanto mais olhava para ela, mais motivos tinha para olhar. Ela parecia tão incrivelmente familiar... Ele deve ter percebido isso nas poucas vezes em que a vira andando por ali. Mas só então descobriu com quem Shelby se parecia. De quem ela era a imagem cuspida e escarrada.

Haz.

Antes da Queda, ele tinha sido um dos confidentes mais próximos de Daniel. Um de seus pouquíssimos amigos verdadeiros. Precoce e com temperamento forte, Semihazah era também sincero e ferozmente leal. Quando a guerra estourou e muitos anjos deixaram o Céu, Daniel ficou totalmente ocupado com Luce. De todos os anjos, Haz fora o que melhor compreendeu a situação de Daniel.

Ele tinha uma fraqueza semelhante em relação ao amor.

O belíssimo e hedonista Haz era capaz de enfeitiçar qualquer um que encontrasse pela frente, principalmente o sexo oposto. Por algum tempo depois da Queda, Daniel teve a impressão de que toda vez que encontrava Semihazah ele estava com uma garota mortal diferente embaixo das asas.

Exceto da última vez que os dois se viram. Tinha sido há alguns anos. Daniel contava o tempo segundo os momentos na vida de Luce, portanto se lembrava de que a visita de Haz fora no verão, antes de ela começar o ginásio. Daniel estava passando um tempo em Quintana Roo quando Semihazah apareceu à sua porta, sozinho.

Era um assunto profissional. Haz tinha um distintivo para provar. Uma cicatriz da Balança. A insígnia dourada da cicatriz de sete pontas. Eles haviam conseguido vencê-lo. Tinham perseguido Haz durante algum tempo e, explicou, ele acabou se cansando. E Daniel, nunca se cansava?, quis saber.

Daniel ficou triste ao ver seu amigo tão... reformado. Tudo nele parecia menor. Do tamanho convencional. O fogo dentro dele tinha se apagado.

O encontro foi sem graça e tenso. Eles conversaram como dois estranhos. Daniel se lembrava de como ficara irritado por Haz sequer ter perguntado sobre Luce. Na hora de ir embora, Haz saiu xingando, e Daniel soube que ele não voltaria mais. Que pediria para ser tirado daquele caso. Que pediria alguém mais fácil.

Daniel havia aceitado o fato de que talvez jamais voltasse a ver o amigo. E foi justamente por isso que ficou tão desconcertado ao perceber quem era aquela garota.

De pé à sua frente na boca do lixo estava uma das crias de Semihazah. Uma filha.

Sua mãe devia ser mortal. Shelby era uma Nefilim.

Ele ficou de pé para observá-la melhor. Ela ficou tensa, mas não recuou quando ele examinou seu rosto de perto. Tinha uns catorze anos. Bonita, mas difícil. Como seu pai. Será que ela ao menos sabia quem — ou o quê — era? Seu rosto corou enquanto Daniel a observava.

— Hã... tá tudo bem? — perguntou ela.

— Onde é essa festa?

Eles passaram uma hora presos no trânsito num furgão lotado de estranhos. Mesmo que soubesse o que dizer, Daniel não teria conseguido conversar com Shelby. *Fale um pouco do pai que abandonou você* não parecia ser um bom jeito de começar uma conversa. Quando finalmente venceram as colinas e entraram no vale amplo, a casa diante da qual pararam estava escura. Não parecia ter festa nenhuma ali.

Daniel ficou desconfiado. Ele andara procurando sinais de que aquela reunião teria mais do que apenas mortais. De que era uma armação. Um sinal de que Shelby estava em um dos círculos dos Nefilim dos quais ele já tinha ouvido Roland falar. Daniel jamais prestara muita atenção nisso antes.

A porta da frente estava destrancada, então Daniel acompanhou Shelby, que seguiu o restante das pessoas que estavam no furgão, e entrou. Aquilo ali não era nenhuma reunião celestial. Não, as pessoas daquela festa pareciam sem vida.

Estavam desmaiadas, se agarrando, paquerando, espalhadas pelo sofá e em montinhos pelo chão. A única luz no ambiente vinha de uma geladeira quando alguém a abria para pegar uma cerveja. O ar ali era mal ventilado, quente, e alguma coisa num canto cheirava a podre.

Daniel não sabia por que tinha vindo, o que estava fazendo ali, e isso o fez sentir saudades de Luce. Ele poderia voar dali direto até ela! Os momentos que passavam juntos eram os únicos, em toda a existência de Daniel, que faziam sentido.

Até ela desaparecer em um clarão e tudo o mais escurecer.

Ele estava se esquecendo de sua promessa. De que, dessa vez, ficaria longe dela. De que a deixaria viver.

Naquela sala escura e repulsiva, Daniel avaliou a vida sem Luce e estremeceu. Se houvesse uma saída, ele a teria escolhido. Mas não havia.

— Que droga isso aqui. — Shelby estava ao lado dele, gritando por cima da música alta e dissonante, mas mesmo assim Daniel só conseguia ler seus lábios.

Ela fez um gesto com a cabeça em direção à porta. Daniel assentiu e a seguiu.

O jardim era pequeno e rodeado por uma cerca, com grama queimada e trechos de terra arenosa. Eles sentaram num pequeno banco de cimento e Shelby abriu uma cerveja.

— Desculpe ter arrastado você pra essa festa de merda — disse ela, dando um gole na cerveja e depois passando a lata quente para Daniel.

— Você sai com essa gente com frequência?

— Primeira e última vez — respondeu ela. — Eu e minha mãe... a gente se muda pra caramba, por isso não saio com ninguém por muito tempo.

— Ótimo — disse Daniel. — Quero dizer, acho que esse não é o tipo de gente com quem você deveria passar seu tempo. Quantos anos você tem, catorze?

Shelby fez um muxoxo.

— Hã, valeu pelo conselho que não pedi, *papai*, mas sei me cuidar. Tenho anos de prática.

Daniel pousou a lata de cerveja e olhou para o céu. Um dos motivos pelos quais gostava de Los Angeles era que você nunca conseguia ver as estrelas. Esta noite, entretanto, ele sentia falta delas.

— E seus pais? — perguntou ele, por fim.

— Minha mãe tem boas intenções, o problema é que ela trabalha o tempo inteiro. Ou pelo menos o tempo inteiro em que não está entre um emprego e outro. Ela tem um talento especial para ser demitida. Por isso a gente não para de se mudar de cidade e ela não para de prometer que um dia as coisas vão ficar "estáveis" para nós. Tive uns problemas, sabe, pra me acostumar. É uma longa história...

Shelby deixou a frase no ar, como se achasse que já tinha falado demais. O modo como evitava encará-lo fez com que Daniel se desse conta de que, sim, ela sabia um pouquinho sobre sua linhagem.

— Mas mamãe acha que encontrou a solução — prosseguiu Shelby, balançando a cabeça. — Escolheu uma escola extravagante e tudo o mais. Quanta esperança.

— E seu pai?

— Sumiu no mundo antes de eu nascer. Cara bacana, né?

— Ele costumava ser — disse Daniel, baixinho.

— O quê?

Então, Daniel não soube explicar o motivo, segurou a mão de Shelby. Nem sequer a conhecia, mas sentiu um impulso de protegê-la. Ela era filha de Haz, o que a tornava, estranhamente, quase uma sobrinha para ele. Ela pareceu surpresa quando os dedos dele apertaram os dela, mas não afastou a mão.

Daniel queria tirá-la dali. Aquilo não era lugar para uma garota como Shelby. Mas, ao mesmo tempo, ele sabia que o problema não era só aquela festa, nem aquela cidade: era a vida de Shelby inteira. Ela estava totalmente ferrada. Por causa de Haz.

Assim como as vidas de Luce tinham sido destruídas por causa de Daniel.

Ele engoliu em seco e reprimiu um novo impulso de procurar Luce. O lugar dele não era ali naquele jardim cercado. Naquela noite quente, naquela festa idiota, sem nenhuma perspectiva pelo restante da eternidade.

Agora Shelby apertava sua mão. Quando os olhos de ambos se encontraram, os dela pareciam diferentes. Maiores. Mais doces. Pareciam que...

Oh-oh.

Ele se afastou e se levantou depressa.

Shelby tinha achado que ele estava dando em cima dela.

— Aonde você vai? — perguntou ela. — Eu... eu fiz alguma coisa errada?

— Não. — Ele suspirou. — Eu é que fiz.

Ele queria esclarecer as coisas, mas não sabia como Seus olhos se fixaram na porta de tela, onde uma sombra escura oscilou ligeiramente no vento abafado e quente.

Um Anunciador.

Em geral, Daniel os ignorava. Nos últimos anos eles haviam começado a procurá-lo cada vez menos. Talvez aquele ali... talvez ele tivesse algo a ver com Shelby. Talvez Daniel pudesse mostrar a ela, em vez de tropeçar nas palavras.

Ele assentiu para o Anunciador e deixou que este deslizasse até sua palma. Um instante depois, ele o transformou em um plano achatado e negro.

Viu a imagem que estava começando a ficar nítida. *Luce*. E soube no mesmo instante que tinha cometido um grande erro. As asas queimavam e seu coração doía como se estivesse se despedaçando dentro do peito. Ele não sabia onde nem em qual época ele a estava vendo, mas não tinha importância. Era a única coisa que podia fazer em vez de mergulhar ali dentro para ir atrás dela. Uma única lágrima rolou pelo seu rosto.

— Mas que...? — O tom chocado de Shelby quebrou a concentração de Daniel.

Porém, antes que ele pudesse responder alguma coisa, uma sirene soou na rua. Luzes intermitentes iluminaram as paredes da casa, depois as folhas de grama do jardim. O Anunciador se partiu nas mãos de

Daniel. Shelby ficou de pé, aos tropeços. Estava olhando para Daniel como se algo tivesse acabado de fazer sentido em sua cabeça, mas ela não tinha as palavras para expressar o que entendera.

Então a porta de tela se abriu de repente e um punhado de gente da festa saiu correndo.

— A polícia! — sibilou um deles para Shelby antes de todos saírem correndo pelo gramado, em direção à cerca.

Eles ajudaram uns aos outros a pular a cerquinha e sumiram.

Um instante depois, dois policiais correram para cercar a casa e pararam na frente de Daniel e Shelby.

— Certo, meninos, vocês vêm com a gente.

Daniel revirou os olhos. Não era a primeira vez que era ameaçado pela polícia. Para ele, lidar com a polícia sempre significava algo situado entre um probleminha irritante e uma grande piada. Shelby, entretanto, não ia aceitar aquilo com tanta facilidade.

— Ah, é? — gritou ela. — Com base em quê?

— Em invadir uma residência condenada pela prefeitura. Em usar substâncias ilegais. Consumir bebida alcoólica sendo menor de idade. Perturbar a paz. E alguém roubou um carrinho de supermercado da Ralphs. Escolha sua opção, querida.

* * *

Na delegacia, Daniel acenou para os dois policiais que conhecia e serviu duas xícaras de água quente e marrom da cafeteira, uma para ele e outra para Shelby. A garota parecia tensa, mas Daniel sabia que eles não tinham muito com que se preocupar. Ele estava prestes a desabar na cadeira no canto onde o oficial anotava seus dados, confiscava seus pertences pessoais e tirava sua foto, quando percebeu alguém parado na porta da delegacia.

Sophia Bliss.

Ela vestia um terninho preto elegante, e o cabelo grisalho estava preso em um penteado retorcido. O barulho de seus sapatos altos pretos no assoalho de madeira ressoou quando ela se aproximou de Daniel. Ela olhou brevemente para Shelby, então se voltou para ele e sorriu.

— Olá, meu caro — cumprimentou. Virou-se para olhar para os policiais. — Sou a oficial da condicional deste rapaz. Por que ele foi detido?

O policial estendeu o boletim de ocorrência para ela. A Srta. Sophia examinou as palavras rapidamente e estalou a língua.

— Francamente, Daniel, roubar um carrinho de supermercado? E você sabia que esta seria sua última violação antes de ir para o reformatório prescrito pelo tribunal. Ah, não me venha com essa cara — disse ela, dando um sorriso estranho. — Você vai adorar a Sword & Cross. Prometo.

QUATRO

MILES NO ESCURO

Nunca foi intenção de Miles provocar o surgimento de uma segunda Lucinda.

Num instante ela era a única garota em perigo — sua *amiga*, uma linda garota que ele certa vez havia beijado, mas isso não vinha ao caso — e, um segundo depois, os olhos de Miles se nublaram e seu coração se acelerou, e antes que ele soubesse o que estava fazendo, já tinha atirado uma imagem espelhada de Lucinda na barreira dos Párias. Que ele havia feito surgir como por encanto, do nada, de seus profundos sentimentos por ela.

De repente havia duas Lucindas. Ambas tão belas quanto um céu estrelado: jeans negros, camisetas negras, duas cabeças com cabelos negros. E havia um olhar sombrio na imagem espelhada de Lucinda quando ela partiu com o Pária. E então — Miles fechou os olhos com força ante aquela lembrança –, com o atirar de uma seta prateada, a imagem espelhada se foi.

Logo depois disso, sua amiga, a verdadeira Lucinda, também desapareceu.

Mas que idiota ele era! As palavras ridículas que dissera a ela na primeira vez em que conversaram sobre o pretenso "talento" dele não paravam de lhe voltar à cabeça: É fácil de fazer com pessoas que você, tipo, ama.

Será que Luce se lembrava da conversa dos dois naquele dia no cais de Shoreline? Será que o que ele lhe dissera ali fora uma das coisas responsáveis por fazê-la mergulhar no Anunciador completamente sozinha?

Ela nem sequer olhou para trás.

Agora o jardim estava pululando de anjos incrédulos. Miles e Shelby tiveram dificuldade para entender o que Luce acabara de fazer, mas já a tinham visto abrir Anunciadores antes. Os anjos, porém, pareciam prestes a desmaiar de espanto.

Miles observava o suposto namorado de Luce tentando se recompor do próprio choque. Sua boca idiota se abriu e se fechou em silêncio. Daniel não sabia que a namorada podia fazer *coisa alguma*. Ele não tinha ideia do quanto ela era capaz.

Miles deu as costas para todos e cruzou os braços. Não lhe faria nenhum bem ficar irritado com Daniel Grigori. Luce era louca por ele. Os dois estavam apaixonados desde sempre. Miles não podia competir com isso.

Ele deu um chute a esmo na grama morta... e seu pé bateu em alguma coisa que cintilou na escuridão.

Uma seta estelar sem dono.

Ninguém estava olhando. Os anjos estavam reunidos, discutindo sobre como encontrar Lucinda.

Miles sentia-se louco e livre, totalmente diferente do que era, mas de repente apanhou a seta estelar do chão e a guardou no bolso interno do casaco de veludo marrom.

— Miles, o que você tá *fazendo*?

O sussurro de Shelby fez Miles dar um pulo.

— Nada!

— Ótimo. — Ela acenou para ele de trás do barracão, longe da vista dos anjos briguentos. — Então venha pra cá e me ajude com esse Anunciador. Isso aqui tá sendo difícil como... argh.

A sombra escura virou uma poça nas mãos dela, completamente indiferente.

— Shelby! — sussurrou Miles enquanto corria até a amiga. — Por que você está fazendo isso?

— Por que você acha, seu tonto?

Miles riu baixinho com a determinação feroz no rosto dela. Não era por causa do Anunciador, era por causa de Shelby. Ela era péssima em atravessar, mas preferiria morrer a admitir isso. Era até bonitinho.

— Você... você quer ir atrás dela? — perguntou ele.

— Dã — respondeu Shelby. — Você tá dentro? Ou tá com medo demais? — Ela olhou intensamente para Miles, depois engoliu em seco, mudou o tom e segurou a mão dele. — Por favor, não me obrigue a ir sozinha.

Miles apanhou o Anunciador das mãos de Shelby e, com esforço, expandiu-o no escuro. Logo ele se abriu em um portal negro como breu, bastante parecido com aquele no qual Luce havia acabado de entrar.

— Estou dentro — disse ele, segurando a mão de Shelby.

E, juntos, eles entraram na escuridão.

CINCO

NA SALA DE FRANCESCA

Francesca estava chateada, mas não sabia bem por quê. Sua inquietação era óbvia, pela respiração ofegante, pela tensão entre os joelhos e pela dor de cabeça que começava a sentir atrás dos olhos. Ela odiava ficar chateada, odiava não estar no controle absoluto. Mas era assim que estava agora, e não sabia por quê. Com certeza não era por causa desse novo aluno inexperiente.

Quando Roland Sparks chegou em Shoreline, Francesca não se surpreendeu. Quase todos os anjos caídos se deslocavam na época da trégua, portanto era apenas uma questão de tempo até que alguns deles viessem procurar por ela e Steven em busca de ajuda.

Ele estava sentado diante da mesa dela agora, com sua pomposa camisa branca engomada, depois de ter convencido Steven a permitir que ele "observasse" algumas das aulas que a escola oferecia para os Nefilim. Ridículo. Se Roland desejava espionar Lucinda, havia maneiras menos intrusivas.

— Você vai ter de trocar essa roupa — disse ela com frieza para o anjo caído (ou *demônio*, como o costume mandava chamá-lo). — Os alunos de verdade de Shoreline nunca ouviram falar em uma tábua de passar roupa. Muito menos em... o que é isso? — Ela se inclinou para olhar as botas dele.

Seu sorriso quase parecia provocá-la.

— Ferragamo.

— Ferragamo? Vá comprar um moletom e uns tênis no bazar do Exército de Salvação que fica no fim da rua.

Ela olhou para baixo e remexeu seus papéis despropositadamente. Mesmo que morasse há tempos com Steven, os demônios sempre davam um jeito de tirá-la do sério.

— Francesca. — Steven girou a cadeira para inclinar-se na direção dela. — Não quer conversar sobre o que aconteceu hoje?

— E existe o que para se conversar? — perguntou ela, fechando os olhos para bloquear a imagem dos rostos pálidos de seus melhores alunos quando ela e Steven os convidaram a espiar o interior daquele Anunciador escuro. — Foi um erro tentar.

— Nós nos arriscamos. Demos azar. — Steven apoiou uma das suas mãos quentes sobre a dela.

Ele estava sempre quente, e ela estava sempre fria. Em geral, aquilo fazia com que ela se aninhasse nele sempre que possível. Hoje, entretanto, o calor dele lhe era opressor e sua expressão de carinho na frente de Roland Sparks, um constrangimento. Francesca se afastou.

— *Azar?* — Ela fez um muxoxo.

Sentiu que estava prestes a se lançar num longo discurso sobre estatísticas, segurança em sala de aula e despreparo daqueles Nefilim para jogar pesado. E ainda que cada palavra que dissesse fosse absolutamente verdadeira, as três pessoas que estavam na sala sabiam que sua ladainha não passava de um jeito bobo de encobrir a verdadeira preocupação que sentiam hoje. O verdadeiro motivo pelo qual ela, Francesca, estava se sentindo tão transtornada.

Lucinda Price *estava* pronta.

E era *isso* que apavorava Francesca.

SEIS

CAM VAI À CAÇA

Cam se recostou na sequoia e tirou um cigarro de seu estojinho prateado. Ali, na extremidade da floresta, ele estava fora do campo de visão do cais de Shoreline, onde os Nefilim estavam entretidos em outro de seus projetos escolares insignificantes. Dava para observá-los dali. Ele poderia protegê-la sem ela saber.

Um graveto estalou atrás dele e Cam virou-se, os punhos cerrados, o cigarro ainda preso entre os lábios. Interessante. Era uma das mulheres, sozinha. Ela não havia percebido sua presença do outro lado da árvore. O arco prateado dela nem sequer estava retesado.

— Tem fogo aí, Pária?

A garota piscou os olhos brancos, o que fez Cam sentir-se nauseado e quase com um pouco de pena dela. Quase.

— Os Párias não brincam com fogo — respondeu ela com voz oca, movendo os dedos pálidos em direção ao bolso interno de seu sobretudo marrom-claro.

— Sim, esse sempre foi o problema dos Párias, não foi? — Cam disse sem se alterar.

Não havia motivo para alarmar a garota. Aquilo só atrairia a seta estelar mais depressa. Estalou os dedos, criando uma pequena chama, e levantou-a para acender o cigarro.

— Você a está espionando.

A garota levantou a cabeça loira em direção ao cais, onde, era verdade, Lucinda estava sentada num banco, linda, usando um suéter vermelho e rosa, o cabelo recém-descolorido de loiro.

Ela estava conversando com algum amigo Nefilim, do jeito aberto e confiante com que *costumava* conversar com Cam. Seus imensos olhos amendoados, os lábios retesados com aquela velha tristeza. Cam poderia ficar olhando o dia inteiro para ela.

Mas, ai dele, então obrigou-se a virar mais uma vez para a criatura inerte diante de si.

— Eu a estou *protegendo* de gente como você — retrucou ele, irritado. — Existe uma diferença, meu amor. Não que você consiga perceber, claro.

Deu mais uma olhadela em Luce. Ela havia se levantado do banco. Os olhos viajavam pelas escadas do cais que levavam até perto do esconderijo de Cam na floresta. O que ela estava fazendo? Ele ficou tenso. Será que ela iria até ali?

A seta estelar sibilou pelo ar quando Cam menos esperava. Ele a pressentiu no último segundo e desviou a cabeça para a direita, arranhando a bochecha no tronco da árvore e apanhando o cabo da seta com a mão protegida por uma luva de couro. Estava trêmulo, mas não daria à Pária a satisfação de saber o quanto ela havia chegado perto. Enfiou a seta no bolso.

— Eu poderia usar isto aqui para acabar com você — disse ele, num tom casual —, mas seria um desperdício de uma ótima seta estelar. Principalmente quando é muito mais divertido vencer vocês, Párias, na luta.

Antes que a garota pudesse armar o arco para dar mais uma flechada, Cam se atirou em cima dela e a segurou pelo rabo de cavalo. Deu uma joelhada em seu estômago, com força, depois virou a cabeça dela para trás e socou as laterais de seu rosto. Ela gritou e algum osso se quebrou, talvez o do nariz, mas Cam continuou esmurrando, mesmo quando o sangue começou a escorrer — do nariz dela, do lábio, descendo pelos punhos dele. Desde o momento em que começou a bater na Pária, ele se obrigou a não ouvir seus choramingos femininos. Do contrário, não conseguiria continuar. Os Párias eram sem sexo, sem vida, sem importância — mas, apesar de tudo isso, representavam uma ameaça a tudo o que mais importava para Cam.

— *Você não...* soco... *vai...* joelhada... *pôr as mãos nela.*

A Pária engasgou ao tossir um de seus dentes e cuspiu sangue na camiseta de Cam.

— Dito por alguém que nunca nem mesmo teve uma chance.

Ele deu mais um soco na garota, direto no olho.

— Eu *tive*. Está me ouvindo, Pária? Posso ter perdido a luta, mas antes eu tinha uma chance.

Bater nos Párias era fácil, fácil até demais. Era um exercício sem sentido, como um videogame antigo que você dominava, mas que continuava jogando por puro tédio. Eles se curariam, como todos os caídos, não importava quanto dano ele causasse.

A Pária gemeu quando Cam deu um soco derradeiro no crânio, que a nocauteou. Ela caiu de cara nas folhas podres. Depois disso, não se mexeu mais. Portanto, coube a Cam colocá-la de pé e empurrar o corpo ensaguentado para o lugar de onde havia vindo.

— Diga a seus amigos que vocês não são bem-vindos nesta floresta! — gritou ele, observando enquanto ela abria um Anunciador e caía ali dentro.

Ele voltou a se recostar na sequoia e deu uma tragada longa e tranquila em seu cigarro justamente quando Lucinda começou a descer as escadas.

SETE

O SONHO DE LUCE
[CENA DELETADA]

Luce olhou ao redor da caverna silenciosa, surpresa ao ver que os anjos, demônios, Párias e os transeternos tinham pegado no sono. A última coisa de que ela se lembrava era da orientação de Dee para que esperassem até a lua atingir o *Qayom Malak* no local exato antes de iniciarem a cerimônia das três relíquias.

Que horas eram? Raios de sol atravessavam a entrada da caverna.

Uma quente mão lhe apertou o ombro. Ela se virou e seu cabelo roçou a bochecha de Daniel.

— Por um golpe de sorte, estamos a sós — disse ele, rindo.

Ela sorriu e sussurrou:

— Vamos dar o fora daqui.

Eles saíram andando aos tropeços pela trilha, rindo como crianças, de mãos dadas. Depois que fizeram a curva e pararam diante de uma paisagem maravilhosa do deserto infinito, Daniel a tomou em seus braços mais uma vez.

— Não consigo manter as mãos longe de você.

Luce o beijou com voracidade, deixou as mãos acariciarem a extensão branca das asas dele. Tal como Daniel, elas eram fortes e espantosas e absolutamente lindas. Elas ondularam de prazer sob suas mãos. Daniel estremeceu e suspirou profundamente.

— Quer voar para algum lugar? — perguntou.

Luce sempre queria estar nos ares com Daniel. Ela sorriu.

— Claro. Para qualquer lugar. Só quero estar com você.

Ele olhou para o horizonte.

— O que foi?

— Se para você não faz diferença, talvez fosse mais bacana ficarmos no chão. Sinto essa necessidade de abandonar o que nós somos. De sermos só duas pessoas, um cara e uma garota, saindo juntos.

Ele olhou para Luce com nervosismo, até ela soltar a asa e segurar a mão dele.

— Eu entendo o que você quer dizer. Eu adoraria.

Daniel pareceu grato ao impulsionar os ombros para a frente, ao mesmo tempo juntando as enormes asas atrás. Elas se retraíram devagar, suavemente, até se tornarem duas pequeninas extensões brancas na nuca. Em seguida, sumiram completamente e Daniel virou apenas Daniel. Quando ele sorriu, Luce se deu conta de como fazia tempo que ela não o via sem as asas.

— Vai ser bom manter os pés no chão — disse ela, olhando para suas botas e para os tênis de Daniel, ambos sujos com a poeira do deserto.

Daniel estava olhando por cima do ombro dela, para a planície ressequida lá embaixo.

— Ou pelo menos ligeiramente fora do chão.

— Como assim? — Ela se virou e ficou na ponta dos pés para ver para onde ele estava olhando.

— Você já andou de camelo?

— Não sei — respondeu ela em tom de desafio. — Já?

Eles apelidaram o camelo de Woody, porque ele se parecia com o Woody Allen durante a década de 1970, com sua juba vermelha e despenteada — embora tivesse mais de dois metros de altura, duas corcovas e dois dentes tortos na frente. Luce e Daniel o encontraram pastando no sopé do monte Sinai com dois outros camelos menos divertidos. Quando Daniel pousou a mão em seu flanco, Woody não deu nenhum coice nem resfolegou ante aquele toque invisível; inclinou-se para perto e afagou o rosto invisível de Luce, parecendo adoravelmente paranoico.

— É esse aqui — disse Daniel.

— Não podemos simplesmente levá-lo embora! E se ele tiver dono?

Daniel levantou uma das mãos para proteger os olhos do sol e fez uma cena, olhando para o vasto oceano de areia.

— Vamos pegá-lo emprestado só por um dia. — Ele entrelaçou os dedos e se inclinou, fazendo uma escadinha com as mãos para que Luce pudesse subir no camelo. — Vamos. Suba aí.

Ela riu quando passou uma das pernas sobre o camelo, deliciada com a sensação de deslizar até a base de seu lombo, entre as corcovas.

— E como você vai subir, cara normal? — perguntou ela.

Daniel olhou para a corcova trinta centímetros acima da sua cabeça e coçou o queixo.

— Não tinha pensado nisso.

Pediu que Luce o puxasse pelas mãos e içou o próprio corpo, mas perdeu o apoio dos pés e caiu de costas na areia.

— Foi só um imprevisto temporário — grunhiu ele.

Na segunda tentativa, contornou o camelo e tentou suspender o corpo como um nadador saindo da parte funda da piscina. Escorregou e caiu de cara no chão. Woody deu uma cusparada.

— Certo — gritou Luce, tentando não rir. — A terceira vez é a que vale! — As primeiras duas vezes tinham valido para ela também, para diverti-la, e uma quarta vez valeria para diverti-la ainda mais.

Daniel voltou a grunhir, e, quando segurou a mão estendida de Luce, ela realmente se esforçou para puxá-lo. Sentiu o corpo de Daniel se erguendo e surpreendeu-se com sua leveza. Ele aterrissou atrás dela, diretamente sobre a corcova, de pernas abertas, e berrou de dor. Luce não conseguiu se controlar.

Começou a rir tanto que se viu obrigada a pedir desculpas, o que foi difícil de fazer no meio de uma convulsão delirante. Daniel finalmente se rendeu às gargalhadas quando o ataque de riso dela quase a fez cair do camelo.

Quando os dois finalmente se acalmaram, Luce virou-se para olhar Daniel. Correu um dedo pelos lábios dele.

— Ainda tenho a sensação de que estamos voando.

— Acho que sempre estamos. — Daniel beijou o dedo dela, depois seus lábios e, sem se soltar para recuperar o fôlego, deu um chute suave em Woody para que ele começasse a andar.

Woody não era nenhum puro-sangue. Eles saracotearam pela planície, com a esperança longínqua de chegarem até o mar. Parecia pouco provável, mas também não tinha a menor importância. Luce estava achando aquela extensão interminável de areia marrom o lugar mais lindo do mundo.

Prosseguiram num silêncio feliz até algo ocorrer a Luce.

— Acho que nunca andei de camelo.

— Não. — Dava para captar o sorrisinho na voz dele. — Nunca andou. Pelo menos não quando eu estava por perto. Você conseguiu extrair isso de suas lembranças?

— Acho que sim. É estranho, busquei essa memória, mas... ultimamente, quando minha mente dá voltas ao redor de uma lembrança e encontra algo que já fiz, sinto um ardor. — Ela deu de ombros. — Como desta vez não senti nada, acho que isso significa que nunca vivi essa experiência.

— Estou impressionado — disse Daniel. — Agora que tal me contar a respeito de uma coisa, para variar? Conte-me do tempo que você passou na Dover.

— Dover? — Aquilo a pegou de surpresa. Ela preferiria muito mais falar de qualquer uma das vidas passadas que havia visitado nos Anunciadores do que de sua experiência na Dover.

Eles passaram por um tronco de árvore seco que parecia não ter folha nenhuma há séculos. Passaram por um rio seco e uma trilha de terra que não levava a lugar algum. Não havia ninguém por perto para julgá-la: apenas Daniel.

— Foram três anos de chatice seguidos por uma catástrofe que matou um garoto que eu conhecia — disse ela por fim. — Fico péssima quando penso nisso, porque eu...

— A morte de Trevor não foi sua culpa.

Ela se virou para encará-lo.

— Como você sabe?

— Havia outra pessoa por trás disso. Alguém que sabia que você se sentiria péssima por causa daquele incêndio... e *queria* que você se sentisse assim. Alguém que queria que você acreditasse que o que acontece dentro de você quando começa a gostar de alguém é fatal.

— Quem faria uma coisa dessas? — perguntou Luce num sussurro.

— Alguém que desejava que você jamais se apaixonasse. Alguém com ciúmes do que você e eu temos.

— Uma pessoa morreu por causa desse ciúme, Daniel. Um garoto inocente que não tinha nada a ver com nossa maldição, nem com nosso amor.

— Eu não sabia o que estava acontecendo. Se soubesse, teria impedido. Desculpe, Luce. Eu sei que você sofreu.

Luce esfregou a testa.

— Você está dizendo que a pessoa por trás da morte de Trevor matou-o para que eu não me apaixonasse por você?

— Sim.

— Só que... não deu certo.

— Não — disse Daniel. — Não deu.

— Por causa da maldição? Ela nos uniu do mesmo jeito...

— Porque nenhuma maldição é mais forte do que nosso amor.

Eles subiram por outra montanha, depois outra. O sol acariciava seus ombros como se fosse mãos. Eles desmontaram Woody para caminhar até a beira de um penhasco. A queda era íngreme e amedrontadora, mas lá embaixo o oceano quebrava na praia, um lampejo de azul fantástico depois de tanto marrom. Eles jamais conseguiriam chegar até lá sem voar. Entretanto, Luce olhou para Daniel, e Daniel olhou para Luce, e ambos sorriram, sabendo que tinham feito um pacto: um encontro normal, sem asas. E que não era um problema para nenhum dos dois.

— Venha cá. — Daniel tocou uma rocha achatada na beira do penhasco e fez um gesto para Luce sentar-se. Eles observaram o mar por um instante, viram no horizonte dois navios contêineres parecidos com geleiras.

— Hoje parece que o mundo é nosso, não é? — disse Luce, com tristeza.

Daniel virou-a para si, tocou a ponta do nariz dela com o seu. Abriu os botões do casaco dela, depois as mãos escorregaram por baixo da camiseta e lhe acariciaram as costas.

Ele a beijou com uma nova forma de entrega. Seu toque era macio, delicado e desesperado, tudo ao mesmo tempo. A boca de Luce pressionou a de Daniel quando ele a envolveu nos braços, levantando-a para que ficasse em cima dele, enterrando a mão livre nos cabelos dela. Braços e pernas se entrelaçaram, tensos de ansiedade. As bocas estavam quentes e enredadas. Luce sentia-se tonta e viva, como se as almas dos dois tivessem se unido. Era quase demais para suportar. Ela nunca conseguiria se saciar. Mas tentaria.

— Eu amo você, Daniel — disse Luce entre uma respiração e outra.

— Eu também amo você — respondeu ele. — Mais do que qualquer coisa. Mais do que...

Buuum.

Pareceu um trovão, a prévia de um tornado escuro. Luce acordou no susto dentro da caverna, onde provavelmente caíra no sono sobre o ombro de Daniel...

Visite nossas páginas:
www.galerarecord.com.br
www.facebook.com/galerarecord
twitter.com/galerarecord

Este livro foi composto na tipologia Palatino LT Std,
em corpo 12,5/20, e impresso em papel off-white,
no Sistema Cameron da Divisão Gráfica
da Distribuidora Record.